解放童年

施文志 著

菲律賓・華文風 叢書18（新詩）

楊宗翰 主編

【主編序】

在台灣閱讀菲華，讓菲華看見台灣

——出版《菲律賓・華文風》書系的歷史意義

楊宗翰

很難想像都到了二十一世紀，台灣還是有許多人對東南亞幾近無知，更缺乏接近與理解的能力。對台灣來說，「東南亞」三個字究竟意味著什麼？大抵不脫蕉風椰雨、廉價勞力、開朗熱情等等；但在這些刻板印象與（略帶貶意的）異國情調之外，台灣人還看得到什麼？說來慚愧，東南亞在台灣，還真的彷彿是一座座「看不見的城市」：多數台灣人都看得見遙遠的美國與歐洲；對東南亞鄰國的認識或知識卻極其貧乏。他們同樣對天母的白皮膚藍眼睛洋人充滿欽羨，卻說什麼都不願意跟星期天聖多福教堂的東南亞朋友打招呼。

台灣對東南亞的陌生與無視，不僅止於日常生活，連文化交流部分亦然。二〇〇九年臺北國際書展大張旗鼓設了「泰國館」，以泰國做為本屆書展的主體。這下總算是「看見泰國」了吧？可

惜，展場的實際情況卻諷刺地凸顯出臺灣對泰國的所知有限與缺乏好奇。迄今為止，台灣完全沒有培養過專業的泰文翻譯人才。而國際書展中唯一出版的泰文小說，用的還是中國大陸的翻譯。試問：沒有本土的翻譯人才，要如何文化交流？又能夠交流什麼？沒有真正的交流，台灣人又如何理解或親近東南亞文化？無須諱言，台灣對東南亞的認識這十幾年來都沒有太大進步。台灣對東南亞的理解，層次依然停留在外勞仲介與觀光旅遊——這就是多數台灣人所認識的「東南亞」。

東南亞其實就在你我身邊，但沒人願意正視其存在。台灣人到國外旅遊，遇見裝滿中文招牌的唐人街便倍感親切；但每逢假日，有誰願意去臺北市中山北路靠圓山的「小菲律賓」或同路段靠臺北車站一帶？一旦得面對身邊的東南亞，台灣人通常會選擇「拒絕看見」。拒絕看見他人的存在，也許暫時保衛了自己的純粹性，不過也同時拒絕了體驗異文化的契機。說到底，「拒絕看見」不過是過時的國族主義幽靈（就像曾經喊得震天價響，實則醜陋異常的「大福佬（沙文！）主義」），只會阻礙新世紀台灣人攬鏡面對真實的自己。過往人們常囿於身分上的本質主義，忽略了各民族文化在歷史上多所交融之事實。如果我們一味強調獨特、純粹、傳統與認同，必然會越來越種族主義化，那又如何反對別人採用種族主義的方式來對付我們？與其矇眼「拒絕看見」，不如敞開心胸思考：跟台灣同樣擁有移民和後殖民經驗的東南亞諸國，難道不能讓我們學習到什麼嗎？台灣人刻板印象中的東南亞，究竟跟真實的東南亞距離多遠？而真實的東南亞，又跟同屬南島語系的台灣距離多近？

台灣出版界在二〇〇八年印行顧玉玲《我們》與藍佩嘉《跨國灰姑娘》，為本地讀者重新認識東南亞，跨出了遲來卻十分重要的一步。這兩本以在台外籍勞工生命情境為主題的著作，一本是感性的報導文學，一本是理性的社會學分析，正好互相補足、對比參照。但東南亞當然不是只有輸出勞工，還有在地作家；東南亞各國除了有泰人菲人馬來人，也包含了老僑新僑甚至早已混血數代的華人。《菲律賓・華文風》這個書系，就是他們為自己過往的哀樂與榮辱，所留下的寶貴記錄。

東南亞何其之大，為何只挑菲律賓？理由很簡單，菲律賓是離台灣最近的國家，這二、三十年來台灣讀者卻對菲華文學最感陌生（諷刺的是：菲律賓華文作家在一九八〇年代以前，一度以台灣作為主要發表園地）。[1] 東南亞各國中，以馬來西亞的華文文學最受矚目。光是旅居台灣的作家，就有陳鵬翔、張貴興、李永平、陳大為、鍾怡雯、黃錦樹、張錦忠、林建國等健筆；馬來西亞本地作家更是代有才人、各領風騷，隊伍整齊，好不熱鬧。以今日馬華文學在台出版品的質與量，

1 台灣跟菲律賓之間最早的文藝因緣，當屬一九六〇年代學校暑假期間舉辦的「菲華青年文藝講習班」（後改為「菲華文教研習會」）。此後菲國文聯每年從台灣聘請作家來岷講學，包括余光中、覃子豪、紀弦、蓉子等人。一九七二年九月廿一日總統馬可士（Ferdinand Marcos）宣佈全國實施軍事戒嚴法（軍統）之後，所有的華文報社被迫關閉，所有文藝團體也停止活動。後來僥倖獲准運作的媒體亦不敢設立文藝副刊，菲華作家們被迫只能投稿台港等地的文學園地。軍統時期菲華雖無出版機構，但施穎洲編的《菲華小說選》與《菲華散文選》（台北：中華文藝，一九七七）、鄭鴻善編選的《菲華詩選全集》（台北：正中，一九七八）卻順利在台印行面世。八〇年代後期，台灣女詩人張香華亦曾主編菲律賓華文詩選及作品選《玫瑰與坦克》（台北：林白，一九八六）、《茉莉花串》（台北：遠流，一九八八）。

實在已不宜再說是「邊緣」（筆者便曾撰文提議，《台灣文學史》撰述者應將旅台馬華作家作品載入史冊）；但東南亞其他各國卻沒有這麼幸運，在台灣幾乎等同沒有聲音。沒有聲音，是因為找不到出版渠道，讀者自然無緣欣賞。近年來台灣的文學出版雖已見衰頹但依舊可觀，恐怕很難想像「原來出版發行這麼困難」、「原來華文書店這麼稀少」以及「原來作者真的比讀者還多」——以上所述，皆為東南亞各國華文圈之實況。或許這群作家的創作未臻圓熟、技藝尚待磨練，但請記得：一位用心的作家，應該能在跟讀者互動中取得進步。有高水準的讀者，更能激勵出高水準的作家。讓我們從《菲律賓・華文風》這個書系開始，在台灣閱讀菲華文學的過去與未來，也讓菲華作家看見台灣讀者的存在。

目次

附錄

一生

從童年少年青年中年
到年老
與父母兄弟姐妹兒女妻子
或情人

醒　人生如夢
睡　夢如人生

一盞燈

我常在夢魘中驚醒
面對著黑暗的不安
感受到我們的孩子
黎明前需要一盞燈

在每個晚上臨睡時
我總會撚亮一盞燈
留守著寧靜的夢鄉
給在成長的孩子們

一輩子

時間一小段
空間一小塊
用刀叉也好
用筷子也好
橫豎半輩子

阿門或阿彌陀佛
生或死
無產階級或資本主義
是或非
左右半輩子

十二門徒

胡錦濤孫中山毛澤東
蔣介石朱鎔基劉少奇
李鵬　溫家寶鄧小平
周恩來華國鋒胡耀邦
江澤民蔣經國趙紫陽

就從他們中間
挑選十二個人
稱他們為門徒

——路加福音六・13

凡人

前途後路
左右在側
一個凡人
在捉迷藏

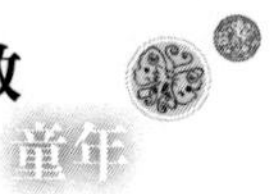

千年兒女

白天的陽光
夜裏的月光
從宇宙從歲月
穿過空間無阻
越過時間無限

我們在光的懷抱
懷抱孩子的愛
時空無阻無限
兒女一雙
千年的好

土地馬

馬首是瞻
似在嘶嘶
渴望青青河邊水與草
泥土露出馬腳
馬身與土地共生
馬背上離馬鞍
大乘小乘
奔馳大沙漠
踏步小草原
遙不可及的夢

子曰

子曰：食色性也
在歸宿夜晚
我只吃了
一個蘋果

山水圖

看見她在水面禪坐著
像我在山上等妳一樣
物易星移幾度秋
等不到紅男綠女
她姍姍不來遲
投胎為水
他古往今不來
輪迴為山
蘭亭相會
一卷山明水秀圖

工筆

一筆天邊
一劃地平線
左右各一豎
人在其中

不吃魚的貓

一隻隻美人魚轉來轉去
一尾尾眼睛遊來又遊去

路燈在偷笑人行道在偷走
天空在偷看行人在路上走

我吃掉魚尾讓她們走路
妳吃掉魚頭不讓我思想

沒有魚頭的男人帶著一家人
沒有魚尾的女人拖著一群貓

啊！可愛的貓的世間
不吃魚的貓有人喜歡

不死的心

——悼施清澤誼兄

千千萬萬億億的生命
在大地上早熟了死亡

上帝播種魔鬼收割
一場悲劇一場場場
演出在人生舞臺上

您站在人世間朗誦最後
一章逝水長流的生命篇
感動魔鬼上帝也不甘心

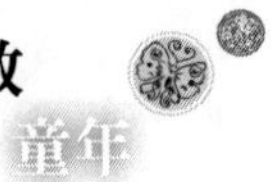

我們不追究魔鬼的罪惡
更不去研究上帝的原罪
就是因為您是神的子弟

天空的雨水小河的流水
魔鬼的淚水上帝的聖水
你們他們我們的眼淚水

一滴一滴一滴滴滴滴
流過每個不甘的心田
您種下一棵不死的心

不老債

老去
向歲月
借不老債

空間做抵押
時間當利息
按時償還
直教
天荒地老

不穿衣裳的魚

一個天空
一望無垠的土地
一些房屋
一些人
一望無際的大海
一些舟楫
一群魚

天空有領空
土地有領土
大海有領海

人有衣服領袖

魚　沒有衣裳

反鄉愁

我們愛喝可口可樂
因為甜

因為苦
他們愛喝茶

甜與苦對立
生與死也對立

祖先與先祖一樣
鄉愁與愁鄉也一樣

東與西相反
上一代與下一代不相同
他們死於斯
我們生於斯

井

我坐在
點
線
面
互動構成
一口井
極小同大
極大同小

此岸彼岸
不可跨越的深淵
自度度人

太空愁

宇宙無限時空間
別有黑洞天
衛星滿天太空站
快樂神仙怎逍遙
穿梭機歸去來辭
聽說地球還有好地方
也想踩風火輪
天上人間一日還
只怕行雲駕霧
載不了太空愁

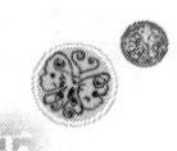

尺寸

我不愛用尺來衡量
因為我有很多距離

如果世道有尺寸
不妨量一量
天有多高
地有多厚
歲月有多長
人生有多遠

她睡著了他走進夢幻
夢寐以求與她共相
他睡著了她走出夢境
夢幻成真與他共用

心理學

心心間
距離何？

距離近
近在咫尺
心去最難留
遠距離
若即若離
相印心心久
不問前世心
只問今生心

手語

用心觸摸
她的右手
愛不擇手
他的左手
相互牽引
手掌握手
手心對心
我們合掌
世界大千
歡喜人間

斤兩

我不愛用戥來衡量
因為我不懂得輕重

如果世事有斤兩
不妨秤一秤
生老病死
悲歡離合
輕的，不要輕視
重的，不要看重

日子

我們翻譯日子
生悲酸老歡甜
病離苦死合辣

我們革命日子
鬥時間
爭空間

我們解放日子
一半自我
一半給他人

木魚

一室清淨
沒有小風波
琉璃缸畔
一尾小木魚
遊游自在
如魚得水
南無阿彌陀佛
得魚忘我
出神
入定

比你更藍

比你的天空更藍
我的憂鬱
你的眼神

比你的藍田更近
你的種子
我的耕耘

時空的近更近
宇宙的藍更藍

另一個我

靜坐椅上在等候
開向未來的列車
在生命的過程中
我看見有一個人
在對面的月臺上
跟我一樣在等候
開往過去的列車

黃昏過後的小站
寂寥只剩下我們
面對面對著火車

在時光的軌道上
慢慢地駛進月臺
停在我的意識間
坐近窗口時驚愕
那一個人的面善
竟是另外一個我

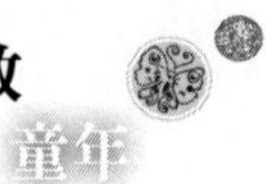

另類童謠

曾經擁有過這些
曾經遺失了那些
請給我一個空間
再收藏我的歲月

曾經擁有過這些
曾經不開心那些
請給我一匹木馬
再追尋我的童年

曾經擁有過這些

曾經不甘心那些
請給我一把鎖匙
再釋放我的感情

曾經擁有過這些
曾經不經心那些
請給我一塊土地
再種植我的鄉愁

曾經擁有過這些
曾經不關心那些
請給我一枝木槍
再解放我的思想

曾經擁有過這些

曾經迷失了那些
請給我一張時間
再包裝我的人生

平凡日子

——悼念平凡

蚊子門鈕黑人
火車魚缸風箏
龍眼香蕉芒果
咖啡陀螺落日
想詩日子
很平凡

想平凡
詩想日子
鵜鶘你們鰈鰈

雁行他們失序
千島我們詩社
鞠躬大家盡瘁

附記：蚊子、門鈕……落日是《平凡詩集》收錄的詩題目之十二首。

平安夜

我喜歡白天
更喜歡黑夜
母親的懷抱
平安夜

本色

有色情與愛
無色分善惡
你們在感受
另一種色彩
生活的原色
歲月本無色
生死亦非色
他們在感謝
另一種顏色
生命的本色

生活

為五斗米折腰
我的骨氣
有凹有凸

凹的　是一個家
凸的　是一個人

目的

一群烏鴉
飛進黑眼瞳
一隻隻白鴿
飛出視線

同根樹

在流水悠悠的岸邊
再生一棵樹，相距
一排籬笆，在路旁
同樣有一棵再生樹
幾十年來各自開花
結果。葉落歸故土
被籬笆阻隔的土地
只是表層，泥土裏
卻有我們看不見的
同根生，生生不息

回家

走出時光隧道
投入人世間
在生死場
卸下歲月
各人挑著搖籃
回家
重新做人

如夢令

他與她
好想蓮藕並蒂
一水之隔
好像異床同夢
流水落花春去也
去唐朝吟詩
半生癡夢迷蝴蝶
去宋代唱詞
這次第
怎一字想字了得

安魂曲

夜晚
安息搖籃曲
讓靈魂出竅

白天
靈魂安息
還我一身俗骨

成人童話

在太陽下
他們在長大
我們在生活
孩子說：爸爸的影子彎了
媽媽說：因為陽光很重

在月亮下
他們在成長
我們在回憶
孩子說：媽媽的影子舊了
爸爸說：因為月光很老

百年後

我迷途的太空船
擺脫歲月控制在百年後
重返地球之降落的地點
是祖先揚帆出海的渡口
遙遠的年代被歲月遺忘
沿祖先牽星過洋的航線
太空艙飄向另一個年代
在永遠不會老去的海上
我擁有時空間以及懷念

我帶著一片空白
超越歲月後回歸現實

衛星城市裏我的思維
陌生而熟悉的恢復了
我的感情和喜怒哀樂
找到大地是唯一見證
經過電腦的詮釋分析
族人移民星球的距離
在宇宙之間千萬萬年

我方程式的生活
開始在另一種年代
工作變成奢侈的享受
為著抗拒肢體退化腐蝕
我不走在電動的道路上
散步海邊揮別自己的眼神
濃縮食物導致消化系統硬化

逐漸構成軀體機械化
只剩下一個不死的心
我依靠理智養活自己

我懷著不死的心
在機械海鷗飛翔的海岸
看不見老人靜坐看日出日落
破碎的回憶浮動童年在海上
玩具狗向著我吠了幾聲
彎下身拾起空心海螺
就像拾起不可縫補的夢
頓時我蒼老跌坐在意識間
看見一行機械人如遙遠的
一群孩子走在生命的起源

藍色找不到天空
黃色找不到土地
白色找不到白天
黑色找不到黑夜
紅色找不到戰爭
綠色找不到和平

時間找到了藍色
空間找到了黃色
黑暗找到了白色
光明找到了黑色

痛苦找到了紅色
快樂找到了綠色

思想找到了顏色
世界找到了色相

耳朵

右邊是月亮
太陽在左邊
聽其自然
人間的對白

衣缽

千年萬年前入土
一個衣缽
千年萬年後出土
一個凡人

塵世遍地菩提樹
空門深鎖明鏡台

人間煙火
飲食男女
那人出家超凡？
那人在家隨俗？

衣裳

有心裁剪無心裁縫
不會褪色的感情
有時候也要脫下來
洗一洗
補一補

位

一個台階
人的思想
站著
是一種理想

一個位置
人的夢想
坐著
是一種權力

把戲

大變小　小變大
好變壞　壞變好
冇變有　有變冇
正是魔鬼的藝術

正如上帝的哲學
神變人　人變神
愛變恨　恨變愛
生變死　死變生

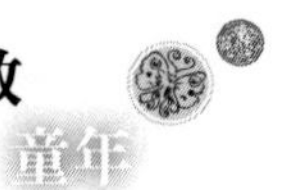

走在父親的腳印裏

就在巷子裏散步
看見小兒子
跟隨著我的腳步走
就不期然地想起
小時候，我也是一樣
走在父親的腳印裏

當我再回首的時候
腳印已經陷在異鄉
小兒子仍然
跟隨著我的腳步走

就悄悄告訴自己
不要驚奇他
讓他繼續走著
走在父親的腳印裏

兩個半

一個心
給她一半
一半給你
兩個半
相思一人
一種愛
愛你一半
一半愛她
你我她
相愛一人

兩行詩

自由

光明讓影子不自由
黑暗讓影子自由

留離

人生這一塊
琉璃易碎

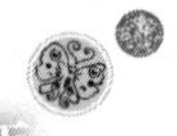

紙花

把感情線打結
只開花不結果

倆行

土地因為寂寞
花兒才有感覺

禪坐

平面的
一顆水珠

暮色

暗色的光
不是黎明

夢境

萬花筒裏
另外的碎片

刻玉

琳琅觸目
肌膚綠透骨
胴體玉豐腴
古典現代了容顏
媚眼欲睜還瞇
曲肱而枕之
如海棠春睡
玎璫一對兒
玲瓏剔透良宵
一刻千金

拍照

遠的是歲月背境
近的是生活環境

按下自動快門
走出人世間
站在鏡頭中
一個微笑
從小我
完成大我

果
——紀念銀婚

如果我是亞當
因果在伊甸園
如果結果伊甸園
因果花開人世間

如果妳是夏娃
因果在人世間
如果花開伊甸園
因果結果人世間

泥娃娃

童年江湖行
蝙蝠俠行仗義
蜘蛛俠骨柔腸
人世間童話
找白雪公主
尋白馬王子
幻夢工廠夢幻
當年都成年
幾個泥娃娃
兩小再無猜

玩偶

小人灌氣變大人
大人漏氣變小人

大人大才小用
小人小題大做

小人有大無畏
大人有小玩意

什麼好玩？
玩世不恭

玩什麼好？玩弄命運

花

一朵花
無心
她好像
心無愛他

一個人
無蕊
好像他
愛她無心

門

開門的我
走進門內
空中樓閣

關門的我
走出門外
海市蜃樓

門開門關
內外皆空

侵略者

在時空間
一隊隊光陰
似箭
攻擊
你的童年
她的青春
我的年華

侵略歲月
統治我們

娃娃，你知道嗎？

娃娃！你知道嗎
過了五月十二日
我什麼都不知道
只有還在慘痛中
驚醒的我才知道
我已經沒有娃娃

娃娃！你知道嗎
我已經沒有娃娃
再幫祖父拿拐杖
再幫祖母拿針線

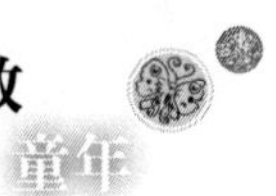

再幫父親拿木屐
再幫母親拿菜籃

娃娃！你知道嗎
我已經沒有娃娃
跟哥哥去拉風箏
跟姐姐去捕蝴蝶
跟弟弟去捉青蛙
跟妹妹去摘花兒

娃娃！你知道嗎
那一天地震過後
倒塌教室外的我
看到你無助的手
我已經沒有娃娃

為我們抹去眼淚

娃娃！你知道嗎
千千萬萬的眼睛
看著你們看著我
我已經沒有娃娃
不可以握成拳頭
控訴那天災人禍

娃娃！你知道嗎
我的心已經倒塌
在生命的過程中
我已經沒有娃娃
未來世界的我們
有一條共同臍帶

從結尾到開頭
幾句句子
詩短，情長
離得很遠靠得很近

思想發條

日子
像舊唱片
一天又一天
重複老調
把退化的日子
擰緊發條
歲月的鐘擺
像搖籃

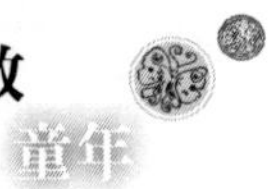

指男針

西方墜落的月亮
投影子千萬年
太陽從東方升起
影子一個疊一個
圓形突破四方
南征北伐
八面威風凜凜
方向中的方針
指點江山
令她們臣伏

故鄉

年年月月日日
時時分分秒秒
像童謠
很鄉愁

啊！歲月
我們的故鄉

珍愛至情
——給我們倆

我們倆不懂愛情
所以更懂
情愛

珍愛
至情不渝
今生鑄錠的誓言

相

唯心論者
為時間塑造形態
唯物論者
為意識製造空間

色不異空
空即是色相
空不異色
色即是空相

相對論

自由的人
有無限的空間
無時間的無限

不自由的人
無無限的空間
有時間的無限

眉批

這一撇　不是倉頡
也不是隸草行楷書
那一捺　不是黃河
更不是黃山的臨摹

找一張臉孔來書寫
這一捺　眉目清秀
那一撇　螓首蛾眉
好比一對才子佳人

考據來生

只有方寸之隔
眉批今生
卻有離愁萬丈
從蠶從蛹從蛾
到化蝶
這一對翅膀
比翼齊飛

革命

在斗室裏
跟老鼠鬥爭
老鼠的唯物主義
教我捉摸不定
我的唯心辯證法
教我投鼠忌器
鼠輩縱橫天下
世代網民大翻身

唯我革命
上網
下載
寬頻思想

面

從一點
一條線
形成一張面
眼睛看前生來世
耳朵聽天由命
嘴巴可以說不
手頂天
足立地
再畫一顆心
一個凡人

原

一個人和一顆心
原是生與活
生命本原
兩顆心和兩個人
原是愛與情
緣份本原
人與人
心對心
原本故事
本原人間

家

在家東土
出家西天
南來回家
離家北往

地理人家
一生鄉愁
在地圖上
搬不了家

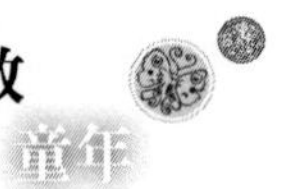

捉迷藏

妻和兒女們捉迷藏
妻　東藏西躲
躲到我的背後去
兒女們　東尋西找
找到我的前面來

看她們在捉迷藏
想到前面的童年
我不敢偷笑
想到背後的中年
我不敢回頭

書房歲月

老死愛書心不厭
來生恐墮蠹魚中
——陸游

一本童話故事兩冊少年讀物
三期青年文藝四套愛情小說
五種文學雜誌六集武俠連載
七函本草綱目八類詩詞歌賦
九卷資治通鑑都是我的歲月
書桌上還有本家家難念的經
情書以及一冊未結集的人生

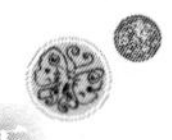

浮世繪

泥塑一樣男人
脫胚換骨
水造一種女人
晶瑩透骨
靈一脈相承
慾一觸即發
靈慾交融
叫人著迷
形銷骨立
叫人著魔

祖國

一棵樹
開枝散葉
葉落
只有一條臍帶歸根

純色情

藍人愛女色
綠人愛男色
色有情
愛單純

除夕夜

紅紅的太陽
白白的月亮
我愛舊歲月
除夕夜更新

骨與節——悼于長庚先生

午夜的窗外
我看見竹的影子
骨與節
不能彎曲的精神

窗內的午夜
我看見竹的投影
骨與節
只能折斷的哀痛

假設戰爭

我與誰人坐著看
一場假設的戰爭

掠過髮叢的偵察機高飛遠走了
戰爭不宣而戰
戰鬥機開始掃射日子
轟炸機飛近中年時
毛髮被炸得疏疏落落
運輸機越過腦際間
傘兵　降落頭頂
第三二三特遣隊

深入耳朵　摧毀通訊系統
坦克輾過皺紋重重
從額角緩緩推進
步兵穿過兩鬢蒼蒼
沿著眉弓欲下鼻尖
眼看眼前的白內障礙
戰略調度　重新部署
改轍臉部的兩個側面
得分進寸攻擊嘴巴
工兵爆開口腔　架設浮橋
過舌頭　渡口咽峽
邁進咽喉要塞穿過氣管
向心臟地帶進攻
某一個機動部隊
侵犯左心房佔領靜脈

另一個機動部隊
突擊右心房搶攻動脈
攀上肋骨的細菌作戰小隊
出擊腹腔右上方之肝門
海軍陸戰隊第三連隊
突破膽囊管直達十二指腸
沿左右肺葉　特工小隊
破壞肺段的結締組織分隔
工程兵團第七八九連隊
在支氣管建肺結核築肺梗塞
隸屬第十師一四七僱傭兵旅
突圍胰腺切過胰島
第三空降師四五六特種部隊
在胸廊集合　準備攀登胸膜壁層
海軍陸戰隊蛙人小隊

潛下輸尿管道　搪塞攝護腺
指令：炮兵團一二三四連隊
目標：腹腔左上方　射擊脾門
此際千軍萬馬壓境
兵力集中在食管與胃部附近
沿著水穀之海
登陸艇集結密佈
準備向十二指腸作登陸戰
進駐胃部的高射炮兵團
以炮火支援與掩護
登陸艇搶灘登陸
五臟六腑　炮火連天
突破十二指腸防線
百萬雄師在小腸登陸
風馳電掣　前仆後繼

直衝大腸口　兵臨肛門
周圍環繞著
由橫紋肌所構成的外括約肌
因此功能失去控制
把原來的主動局勢變為被動
大軍燥結滯留在直腸一帶
等候　最高指示
突然間　一顆原子彈威力似的
在腹內一陣陣爆炸聲轟轟
頓時　人仰馬桶翻了

坐忘間　任誰都驚醒了
在歲月的戰場上撤退了

剪刀

妳我相遇時
斷絕一無所有
包括臍帶
或情感

妳是我分離的孤寂

動

一拉，心動
一扯，動心
互相牽引
一個心結

我在這裏
無法結束
你在那裏
無法開始

圈子

生活是小圈子
從左邊走去
一個起點
歲月是大圈子
從右邊走來
一個終點
人來人往
生離
死別
無始無終

基因

幾滴淚水
以及血與汗
檢驗人生
負負得正

情

光陰似箭
一轉身
萬箭攢心
只有一箭如故

情詩

只不過是些情感
不捨得去觸摸
最痛

只不過是些詩句
纏綿了半輩子
最愛

最痛不痛　更痛
最愛不愛　更愛

教我如何不想他
——懷念阿Q

讀罷魯迅的小說
就想敲敲人間的門戶
問一問
阿Q在不在

想他跟皮球一樣
不是給人踢來又踢去
就是自己踢踢自己
跟我們擁有的地球一樣自行轉動

想他一定是習慣了
就是被人踢去傳統的角落
或是被踢到時代的廣場上
也不會吶喊與徬徨

想他做人實在是不容易
魯迅先生只是在小說裏
請他去未莊當一個小人物
他竟然挑起一擔意識型態
沿著歲月一路挑到現代
想在他在人生路途上留下的影子
跟他的辮子一樣只是身後的累贅
還不是被人抓成一種把柄

想他剪掉辮子也是一個辦法

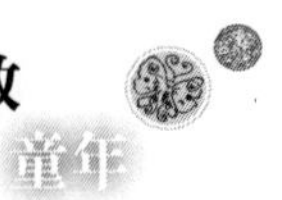

卻剪不斷身後影子的拖累
想他不明不白被押上法場
俯首沉思默想這一下子
從此跟影子一刀兩斷
想他看不見背叛自己的影子
爬起來躲在周圍人群的背後
冷眼旁觀阿Q成為一種精神

過了二十年又是一個怎樣的人
魯迅先生在創作過程中
只有描寫他向她人求婚不成功
有沒有構思他成家立室的念頭
是不是有人繼承他的香火
始終是一個有待考據的問題
因此沒有人肯承認是他的後人

反而有些人承繼了他的衣缽
阿Q在不在
根本不是一個問題
問題是原來的
阿Q
教我如何不想他

理髮

每有煩惱
就想要理髮
坐在椅子上
就想起小時候
理髮也是一種煩惱

歲月越短
煩惱越長
剪不斷
理髮還亂

現代門神

時代變了
人也老了
別說是神話
而神荼和鬱壘
都從朱門上退休下來

現代古老了我們的心
都貼在門扉上
戍守著傳統
望著子孫
出入平安

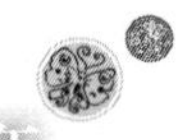

瓷人兒

看你們像愛神入神
看我們的眼神出神
琉璃春宮
一對瓷人兒
鴛鴦枕睡
不羨仙
一枕半生緣
一睡半世情
觀感轉眼間
有如一輩子

異句園

生為連理枝
他創造了她
身為無花果
她創造了他

男人開花
女人結果

異夢同床

贈
月曲了誼兄
王錦華誼嫂

房間曠野
時間之梯
異夢
異曲同工
左邊太陽
右邊月亮

朝朝暮暮
日月合壁

他在左邊
她在右邊
同床
同心同德

眾生

苦海因為無邊
一尾木魚
遊不出
掌心

眼神

用心看
用心去看你
用心來看我
在我們心裏
有一對眼神
看見我的後世
回眸你的前生

回眸前生的我
看見後世的你
有一對眼神

在我們心裏
你用心來看
我用心去看
用心看

陶俑

刻意是諸法空相
你塑造他的色相
色不異空
我雕塑她的心貌
空不異色
我們相互雕刻自己
繪肌畫皮
刻骨
銘心
拈花微笑

魚書

魚頭是思念
魚嘴是問候
魚眼是望穿秋水
魚腸是牽掛
魚骨是刻骨銘心
魚膽是苦戀
魚肝是心甘情願
魚鰓是呼喚
魚尾是情人再見
魚肚是信封
魚鱗是郵票
魚唇是郵戳

鳥籠與鳥
——給老伴

如是鳥籠
就不怕放飛鳥
一去不返

鳥倦知返
起點就是終點
如同誓約

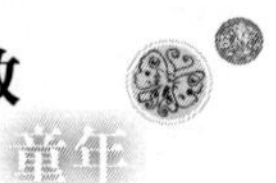

最好的角色
——悼林大哥泥水

遊子的角色　你演完了
朋友的角色　你演完了
丈夫的角色　你演完了
父親的角色　你演完了
自己的角色　你演完了
就走下人生的舞臺
你教我們
懷念一位演得不錯的演員
永遠活在我們的心中
最好的角色

幕下
（默哀三分鐘）
幕啟

最好的角色
永遠活在我們的心中
懷念一位演得不錯的演員
我們要你
再走上人生的舞臺
自己的角色　你演下去
父親的角色　你演下去
丈夫的角色　你演下去
朋友的角色　你演下去
遊子的角色　你演下去

最佳演員

每一幕戲演完
帳幕慢慢落下
我就走到後台去
跟導演討論
和女主角傾談
父親這個角色
我說：我演得不好

每一場戲演完
觀眾漸漸散去
我就坐在舞臺下

跟小時候一樣
看父親在演戲
父親這個角色
我想：他演得最好

寓言

小兔子走路
很快
躍快成人
老烏龜走路
很慢
踱慢人生

幾尺感受

然而此時
我只能在小樓上
踱步沉思
隔著窗玻璃
只有幾尺的感受
卻有離愁萬丈
像我們受困的生命
風雨裏相依相守
窗玻璃外
籠裏的那一對白鴿
靜靜依偎著深夜

等待黎明的來臨
衝破樊籠
翺翔自由

復活

普渡

街頭巷尾
出家人
在家人
箇箇度人

畫畫

畫真善美意識
畫形態點線面
一點點真假
善惡一線間
正面是天國
反面是地府
一紙之隔
人在其中
生來
死去

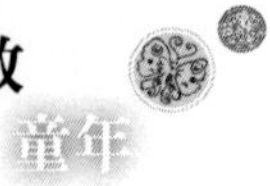

痛的感受

我們是世代的賣藝人
漂泊，是我們的傳統
我們揹著傳統的包袱
走上祖先遺下的路途
手握著手，心連著心
趕著日出，隨著日落
默默行走著，這一條
永遠沒有終站的道路

在遙遠坎坷的路途中
每當黑夜降臨的時候

我們為著我們的孩子
擦燃著火柴，一根根
為孩子創造一些光明

一些溫暖，無奈地
隨著火柴萎燼熄滅
一種被灼傷的疼痛
從手指尖直透心靈
痛的感受，想起了
靠賣藝養家的父親
表演吞火球的感情
和那一張惘然的臉

窗

從這裏望出去
世界
好像我的眼睛
從那邊看進來
地球
好像放在心裏

童心

走進去
童年就在那裏
好像白日夢
迷失了世道
找不到小時候
從玩具城到古董店
到了青梅時節
竹馬驛動了
心
不在焉

等

天空藍永遠藍

黃土地永遠黃

我會一輩子等你

不會等你一輩子

結構

一樣情
有他一半
一半有她
比翼連理

愛一樣
一半心靈魂
一半骨肉體
生死與共

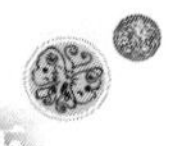

買賣

人生的買賣
請分期付還

是非離合
喜怒哀樂
愛恨懼憂
生老病死
直到歲月私有化

鄉愁

沒有蝴蝶飛
沒有青蛙跳
沒有魚兒遊

沒有小河水長流
沒有田野稻米香
沒有山坡青草青

沒有季節的感受
沒有土地的寂寞
小小羊兒要回家

開心

有心栽花
祝福
一朵花開
美麗她人

一朵花
一個故事
心開朵朵
人人開心

黃眼睛

黃河水黃
長江水長
兩隻小蝌蚪
在水中央

說愛你
是心動
心靜不了你

說愛我
是動心
我靜不了心

感

夜裏我摸撫月牙兒
白天妳崇拜紅太陽

妳愛陽光的性感
我愛月光的感性

感性我的感情
性感妳的情感

想飛

衣裳的背境
繡著想飛的鴛鴦
整夜翻來覆去
展不開翅膀
睡皺了
我的意圖

愛

死了春蠶
我種桑
妳養蠶
灰了燭炬
妳煮蠟
我鑄燭

絲，一輩子不盡
淚，一輩子不乾

愛的雕刻

雕在前面刻在背後
天使一樣的妳
魔鬼模樣的我
兩個臉孔
我們有一對翅膀
雌雄同體

陰陽
鑄錠兩個半邊人
不會生鏽的情

一半給她的男人

一半給他的女人

男歡女愛

愛開花

不忘的心
一種情
愛
從結果開花

愛情故事

一方琉璃　隔著　你和我
歲月幾十年的遙遠　相望著
有緣份　又何必相聚在一起
不食煙火　在人間
懷著　千年前的記憶
出土後　延續著
生生　世世的情愛
深深埋下　我倆的身世
相遇於泥土　相逢
在博物館　琉璃裏
我在漢朝的這一櫃　你在

秦朝的那一橱　就在
歷史之間　不可改寫的
隔離的　今生今世
倆廂情對　寂寂無言
含淚的眼神　不敢淚流
只因為　我們是泥塑的

愛過歲月

如果我們還能回到
互相愛過的歲月裏
我願把所有的情節
輸入最精密的電腦

到了善忘的日子裏
就依靠電腦來回憶
且就我們錯誤的愛
要求電腦做個分析

搜神記

上網

搜索輪迴記憶

天堂　地獄

探索轉世解碼

天上　人間

下載

輪迴記憶顯示

魂飛　魄散

轉世解碼終端

脫胎　換骨

搖椅

黃昏後
父親坐在搖椅上
靜靜地望著
永遠不會老去的海

想父親
看窗外的海
我看見搖椅
如一葉扁舟
在人海中顛簸著
一生辛勞，如今

安適地停泊在
我們的記憶裏

新門神

旁門有博客霸道
部落格不是烏托邦
左道有駭客橫行
互聯網逍遙法外
神仙下凡夜宿網站
電腦庭院深深
網絡上
低眉羅漢守望
寬頻下
丈二金剛看守

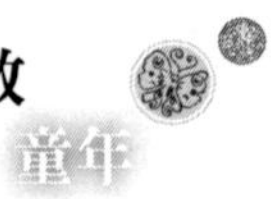

歲月刺客

風蕭蕭兮易水寒
壯士一去兮不復返

請賜我一把匕首
讓我回到不會長大的地方
行刺統治童年的玩偶

請賜我一把匕首
讓我回到少年夢中
行刺出賣青春的叛徒

請賜我一把匕首
讓我回到感情地帶
行刺盜竊誓言的女歹徒

請賜我一把匕首
讓我　人到中年
行刺打劫歲月的匪徒

歲月

在天地之間彳亍
尋找老去的道路
人生越走越遠去
歲月越走越年輕

年年老去的人
都是歲月孩子
把過去了的年
藏在箱底壓歲

煎魚

在鍋裏
翻過來，疼
翻過去，痛
兩面被煎熬的
都是魚的骨肉

照片

站在天地之間
用照相機的觀察鏡
調整時空間
按下快門
回憶盡在鏡頭裏

一張照片記錄著
遠景的一雙腳印
飄泊著我的一生
近景的一片園圃
生長著我的鄉愁

罪

私慾既懷了胎，就生出罪來

——雅各書一：15

坐立不安的日子
養幾只羔羊
輾轉不眠的時候
數一數綿羊

一隻替罪
一隻代罪

解放童年

兒女們
在玩戰爭遊戲
小兒子指揮一隊玩具兵
越過我的視線
侵入歲月領域
把我的童年
解放

詩想

語言
　　技巧
意象
蚊子一樣
向靈感
刺激一下
一陣疼痛
詩人
就出世了

生死版權
複製必究

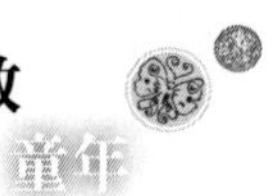

詩永垂明

——悼莊垂明兄

美國的天空格外孤獨
您佇立碼頭懼怕遠方
而您這古瓷般易碎的小小的心
「小心輕放」又將輕輕放在那裏？

在加洲碼頭尋找詩的所在
您獨自坐在一排長椅上
趁著海邊沒人時
朗誦幾個發音艱難的異國文字

異國碼頭停泊著沒有歸舟
只有堤岸上歇腳的離鄉人
只有詩心
而詩鄉就在千島上

菲律賓的夢土如此寂寞
卸下人生推開人世間
我們心中沒有生老病死
只有詩人　詩永垂明

遊戲

道高一尺
魔高一丈
玩遊戲
比魔術更人生

過街記

人行道傍紅色眼睛在張望
交通燈亮著一個綠色行人
月光把黃色影子拉過馬路
一輛輛車輛奔馳如野牛群
闖越紅色柵欄靜寂的夜色

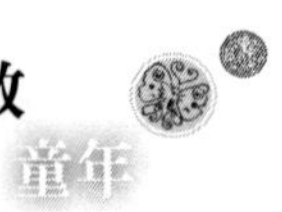

電梯

在　出出　入入
如此短促的時間
上上　下下　在
這般狹窄的空間
聯想長長的一生

電力突然在半空中停止
切斷聯想　我只有想著
踏入中年　該如何走出
這一份不上
　　　　不下的感情

電話

由經至緯
由縱到橫
由南極到北極
由東半球到西半球
從生活瑣事到商業事務
從個人私事到國家大事
幾個單身漢子
無所事事
顛覆人世間

電影筆記

男女主角掌握刀光劍影
表情逼真刺殺過來
倒下去的我
調整人生角度
把我從鏡頭內淡出

鏡頭一轉

把我從鏡頭外淡入
現實生活的特寫
我站起來

關掉攝影機
把我停格在歲月底
鏡頭一轉

鏡頭沿著歲月遠去
遠至接近童年
我再調整人生觀點
看鏡頭內外的我
另一次的演出

電車站候車有感

每個電車站的電車聲
由遠而近　從近而遠

時間無限
一個人如一粒火藥
有限空間
一堆人如一顆炸彈

秒針靠近分針
分針接近時針
時針迫近定時

有些人穿過空間而去
有些人穿越時間而來

零件

不黑不白
不是不非
在人生結構
遺失的零件
不可倒置
不可顛倒
嵌裝思想

演奏

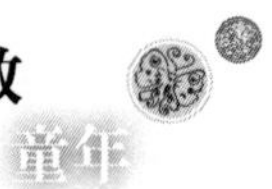

睡在母親的懷抱裏

坐在院子裏乘涼
看見小女兒
甜睡在妻的懷抱裏
就不期然地想起
小時候，我也是一樣
睡在母親的懷抱裏

而當我醒來的時候
已經是海外的深夜
小女兒仍然
甜睡在妻的懷抱裏

就悄悄地對妻說
不要叫醒她
讓她繼續睡著
睡在母親的懷抱裏

磁石

汝的抗拒力
伊的吸引力
互抗拒相吸引
天地與人合一

種子

——懷念于長庚

半輩子
根深蒂固
落葉歸根
在等待
一顆心願

一顆種子
落地生根
花開結果
在心田
一輩子

說明書

中國製造的
忠 孝 仁 愛
禮 義 廉 恥
一件件思想配件
結構人格
在生命過程中
要不時自我檢查
才不會生鏽
腐化人生

遠與近

——悼莊垂明兄

您不再佇立時空間
就不再懼怕遠方望遠方
遠遠近近
只在思想與想思之間

別管泉州或加洲的碼頭
別管千島或是千個渡頭
別管起點或終站
別管近距離或距離遠

我們在思距離想距離
近近近來的故人不歸
遠遠遠去某一所在
您在遠方更接近我們

寫意

後現代的詩情
盡在畫意中
一個酒杯
養一隻青蛙

影子

常常走過回憶
把影子留下
從童年到未來
總是回不到我身傍

常常懷念我的影子
如何在生命裏
世襲　喜怒哀樂
生　老　病　死

線

畫一條線
長是人生道路
短是生命痕跡
直如真理
曲如命運
粗的力量
細的感情
畫皮畫骨畫人心
一念之差
另人世界

蓮花落

繁華盛世間
蓮花綻開
只有你的笑
笑傲小江湖
夢已身不由己
祇是無情緒
盈盈一水向晚
一曲蓮花落
付之流水
為此生而來生

賞畫

相互懷抱
肉體已睡蓮
幾繭荷葉
棲蜻蜓兩隻
一室空寂寞
體態慾動
骨子裏頭
一聲藕斷　絲連
如情竇
初開

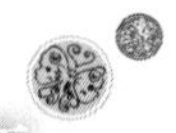

輪迴

以前的他們
父母親的話
他們要遵守

現在的我們
兒女們的話
我們要尊重

將來的你們
外星人的話
你們要尊命

憶雙親

今生血緣
究竟涅槃
來世因果
輪迴究竟
靈魂出竅
剜肉還母
剔骨還父
緣有來生

樹

生活本無涯
一個人
如一棵樹

生命亦非常
一座森林
如一個城市

鴛鴦

鴛

陽光似我的年華
沿著門沿進了又出偷偷老去
沿著床沿如水銀落地
水銀色的被面那一對鴛鴦
在床褥之間蠢蠢慾動
這般放縱如此纏綿

鴦

如此纏綿這般放縱
蠢蠢慾動在床褥之間
那一對鴛鴦水銀色的被面
如水銀落地沿著床沿
偷偷老去沿著門沿進了又出
妳的年華似月光

牆

世界是籍神話造成的
——希伯萊書十一：3

小時候
看見的牆
很高
所以看不見
世界的美麗

長大後

看見的牆
很矮
反而看不見
美麗的世界

縱橫天下

車軌縱在土地上看似傷痕
　橫在歲月裏更像皺紋

火車頭如梭又如針
穿過歲月串著車廂穿越車站
編織悲歡
縫補離合

畫一個點
大如一個地球
小如一顆細胞
一尾精子
一隻卵子
生命一小點
人生一大點
從起點到終點
一點生
一點死

夢幻虛華
何勞把捉
拂五蘊十二入
拭四諦十八界
唯一生的秘密
不可告人
不可拂拭
也不知何處
可以埋葬
惹塵埃

雙親雙愛

誰言寸草心
報得三春暉
——孟郊

日子很老
父親走了
離開了我們
很久
永久不是久

日子很舊
母親走了
離開了我們
很遠
永遠不是遠

永久是感恩
永遠是懷念

顏色

黑色綠色藍色
紅色黃色紫色
白色橙色青色

色色相關
還以顏色

共產黨紅色
親民黨橙色
中國人黃色
民進黨綠色

盛世蓮青色
國民黨藍色
金紫荊紫色

是白色

非黑色

鏡

我在看你
你在看我

在看你的我
看我在看你

在看我的你
看你在看我

我看你看
照見根本

顛覆罪

原告：歲月
被告：男人或女人
罪名：心理生理反革命
破壞青春體制
陰謀顛覆歲月
裁判：判處有期徒刑到年老
剝奪青春權利至永遠

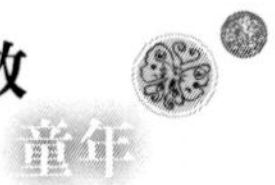

讀書法

這一字

無的實存觀之

這一筆

空的妙有觀之

書法沒有法門

如何普渡眾生

行書臨摹大般若經

讀一小方古印

揭諦

法度無邊

觀夢

到了夢的盡頭
自驚艷中
一翻身
一床春光乍洩
望眼欲穿
一絲不掛紅塵
如出水芙蓉
浮生倒影綽約
纔綣原形出竅
在水一方休之

【附錄】

認識和介紹施文志

BIENVENIDO LUMBERA

菲律賓民族藝術家(文學類)

菲律賓詩篇與施文志先生《解放童年》詩集的詩有很大的差異。菲律賓詩是用羅馬字母寫的,與中文詩用的「表意文字」截然不同。

要理解菲律賓詩,只要將字母連接成字,然後又將字組成為句子。在中文詩中,每個「表意文字」或漢字都「畫著」中國的文化和文明史;因此,在閱讀中文詩時,要求讀者具有對中國文學的充分瞭解所帶來的敏感性,以便能夠領悟作者所要表達的。經過施華謹先生的翻譯,施文志先生在其詩作中「所要說的」,終於傳達給了菲律賓讀者。詩人和其翻譯者真正密切地配合,為菲律賓讀者「創造」了我們現在有機會欣賞的詩作。

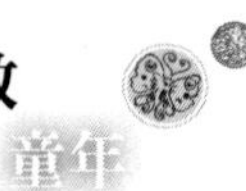

中國傳統詩篇的一個特點是在日常的社會生活中索取題材，包括家庭生活的細節，夫妻之間關係，周圍一些熟悉的動態和親朋戚友的團聚等等。詩篇內的「詩意」並不是取材於一些特別精挑細選的情景；它是作者對日常生活中普通的情境作出的沉思和感受。例如《搖椅》一詩：

黃昏後
父親坐在搖椅上
靜靜地望著
永遠不會老去的海

想父親
看窗外的海
我看見搖椅
如一葉扁舟
在人海中顛簸著
一生辛勞，如今

安適地停泊
在我們的記憶裏

詩的情節很簡潔：由搖椅想起坐在那兒的父親。詩中洋溢著滿懷的思念親情、領會父親對家庭所作出的犧牲、懷念以及冷靜接受父親的永別。詩中絲毫沒有直接表露作者的情感，而是只借助搖椅和大海來抒情。

在《鄉愁》一詩中，作者強烈抑制其情感，但最終反而更加深了其懷念故土的激情。作者借助小羊來抒情。

沒有蝴蝶飛
沒有青蛙跳
沒有魚兒遊

沒有小河水長流
沒有田野稻米香

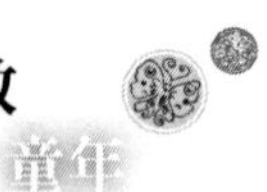

沒有山坡青草青
沒有季節的感受
沒有土地的寂寞
小小羊兒要回家

作者通過玩弄「沒有」兩個字，讓讀者具體深刻地體會思念故土的苦楚；尤其是在詩中最後一段，讀者才發現原來思鄉欲回田園的竟然是一隻小羊。中文詩猶如溪水清澈流暢，但其奧妙卻令人深思。在《想飛》一詩中，詩人含蓄地表達一種人生哲學。

衣裳的背境
繡著想飛的鴛鴦
整夜翻來覆去
展不開翅膀
睡皺了
我的意圖

《解放童年》詩集中蘊藏著一位「有重要的話要說」的華裔詩人，值得我們去好好認識他。替出書人寫序的目的，一般是為了向讀者介紹新入行的作者。但是，翻看了施文志先生寫詩的文筆之熟練和通暢，原來他並不是初出茅廬的新手。對於菲律賓讀者來說，他之所以是新的，主要是因為他用的語言是我們大部分人所不熟悉的。讓我們認識施文志先生，並感謝施華謹先生，是他揭開了把詩人同我們長期之間隔離的語言帷幕。

（愛濱譯）

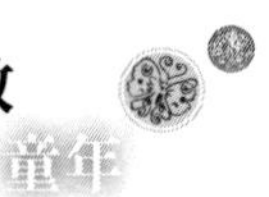

【附錄】

充當橋樑・結交朋友

施華謹

究竟我為何要搞翻譯？

在菲律賓國立大學就學時，我就愛上了菲律賓文學。在我看過的長篇和短篇小說中，有關華人負面形象的題材甚為突出和嚴重。作為華菲混血兒，我常常因此事而掛念在心頭。久而久之，我終於想著是否可以在這方面做一點工作。

有一次，名作家Rogelio Sikat老師要我們將用不同菲律賓語言書寫的短篇小說翻譯成菲國語（大家樂語）。我問他是否可翻譯用中文書寫的小說。

他口頭答應，儘管他接著說，由於不懂中文，他沒有能力評置我翻譯的作業。我最後選擇了《商報》小說集內的五篇短篇小說。

Sikat老師看完了我翻譯的這些寫於上世紀五、六十年代的菲華短篇小說後，喜出望外。他說，這些小說處處反映著當時的社會生活問題；而那個年代，多數菲律賓小說都還以談情說愛為主題。

即將大學畢業需要寫論文時，我曾向我的顧問，也是曾任我的翻譯課教授的Bienvenido Lumbera老師徵求意見，他建議撰寫菲律賓文學中華人的形象。也許是為了鼓勵我吧！他還把這篇論文刊登於菲國立大學的評論報《Diliman Review》。

加入菲律賓華裔青年聯合會——一個提倡華人融入菲主流社會的團體後，我自然而然地參與了該會的翻譯工作。首先是一些散文，然後短篇小說，直到我墮入翻譯中文詩的愛河之中。

我將翻譯工作視為推動華裔青年聯合會宗旨的一種工具，充當橋樑，同時是一件不遠於自己嗜好的工作。

可以說，這件工作，除了有點意義以外，還能讓我其樂融融。回首往年，我翻譯的著作，尤其是詩篇已數不勝數，其中包括施文志先生的詩作。我翻譯過的施文志先生較早的詩作，曾經陸續登載菲律賓華裔青年聯合會的半月刊《橋》。

因此，當文志先生再次要我將其詩集翻譯成菲文，以便出版中菲對照的雙語詩集時，我毫無猶疑地馬上答應。

文志先生寫詩的一個特點是他有「玩弄」漢字的高超技巧。他善於利用漢字的特點舞文弄墨。

可惜的是，猶如文學大師先生所說的，由於中菲兩種文字性質的天壤之別，文志先生的詩作有好多處是難以翻譯成菲文的。

為了不歪曲詩作的原意，這種詩作最好還是不予翻譯為快。

Lumbera老師還說，文志先生的詩大部分取材於日常生活，尤其是家庭生活。這些題材不正是最能引起更多讀者的閱讀興趣嗎？而這些讀者應該是作者和翻譯者，為之創作的對象。

施文志先生詩作的另一個特點是筆簡意豐，深入淺出，明朗清澈，意象新穎。這正是我和內子喜愛他的詩作的原因。

世事複雜、日常生活繁忙，時刻盼望能夠偷得一日閒！何必還要在閱讀著作或詩作時絞盡腦汁，傷腦筋？

我決定翻譯的，就是這一類的詩作。

然而，其中有一篇題為「同根樹」的詩作可能是菲律賓讀者所不能理解的；但是我卻決定加於翻譯，因為它是我們菲律賓華人所關心的中國統一的問題。

Lumbera先生在其序言中說：施文志先生在其詩作中「所要說的」，經過施華謹先生的翻譯，終於傳達給了菲律賓讀者。詩人和其翻譯者真正密切配合，為菲律賓讀者「創造」了我們現在有機會欣賞的詩作。

他還說：讓我們認識施文志先生，並感謝施華謹先生，是他揭開了把詩人同我們長期之間隔離的語言帷幕。

記得，菲律賓文學大師Virgilio Almario在王勇文友的《王勇詩選》文集序中說過：我與王勇先生素昧平生。我是通過施華謹先生翻譯他的詩篇而認識他的。

他說：我沒有能力看懂王勇先生用中文寫作的原作，因而沒有能力根據原詩置評；只能通過華謹先生的翻譯作為橋樑和引導，來「推測」詩的表現形式及作者所欲表達的思想。

他最後結尾說道：我非常高興能認識詩人王勇先生，儘管是在這樣的形式下相識！

身處在商業社會之中，從事寫作和翻譯工作，能得到重視和肯定，無疑是一件極大的安慰，尤其是來自衷心敬佩的文學老師。

搞翻譯時能在作者和讀者之間充當橋樑的同時，還能建立作者和譯者之間的友誼和相互尊重，對我來說也是一件莫大的安慰。

從事翻譯工作，充當橋樑和結交朋友，一舉兩得，何樂而不為！

這應該是我長期樂於不倦搞翻譯工作的原因吧。

（愛濱譯）

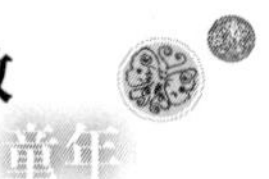

山羊看廣告

黃信怡

大約是一年半前，讀了文志兄的九十首詩作後，我告訴他，將漢語詩譯成菲律賓語詩，就好比要在容量一公升的酒瓶裏灌入二公升的酒。施華謹的翻譯，能掌握其竅門。如果他有意將詩作翻譯菲律賓文，就得去找他幫忙。文志兄非常贊同我的觀點，於是去請他翻譯了。而施華謹欣然揮筆，一氣呼成，翻譯了三十首。

去年七月，廈大朱校長一行訪菲，《世界日報》設宴歡迎的那晚，筆者剛好坐在施華謹旁邊，我向他提起了他為文志譯詩一事。他說，在施文志的詩作中，有些詩，如果是勉強譯出來也沒有意義。這樣的看法，我頗為贊同。

文志詩作獨特之處是：一、把人文背景、民情典故、現實事件、成語等輕巧地融化於詩作中。二、以數字、字型、重複字，以及雙關語構成主要內容。而這對於華文讀者來說，那本來已形成整個華人精神生活的一部份，所以很容易形成情感的交流，但對不同民族的接受者來說，「好像山羊看廣告」，難贏得共鳴。尤其是那些以數字、字型、重複字、對稱、以雙關語構成主要內容的詩歌，本來是無法翻譯的，如果勉強去翻譯，簡直是在顛覆原詩：

例如他的《煎魚》：

在鍋裏
翻過來，疼
翻過去，痛
兩面被煎熬的
都是魚的骨肉

這首詩雖然只有二十三個字和兩個標點符號，但卻給讀者留下無限的意景。詩中第三句的「翻過」是第二句的重複，但第二句「來」與第三句「去」卻是完全相反的對稱，而「疼」，與「痛」，既是同意詞，又是同部首的字。第四句裏的「煎熬」和「山羊看廣告」第五句的「骨肉」都是雙關語。

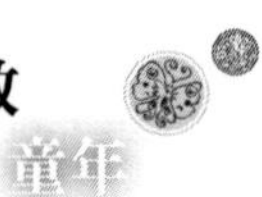

對於這首詩，我曾採用變通處理，倣傚原詩的辦法，嘗試以相近的菲律賓語來代替：Sa kawali ng isda / Binaligtad ang harapan,nanakit / Binaligtad ang likuran, sumakit / Ang niluluto sa mainit namantika / Ay pareho ding dugo't laman ng isda然後，給它取名為Sa Kawali ng Isda.

這樣，雖然維持了原詩的風格，不過已不能算作翻譯，熟識菲律賓語的人讀後，也彷彿是「讀廣告的山羊」。

二〇〇七年三月二十八日《世界日報》
「小廣場」專欄《東翻西看》

【附錄】

魚兒吐盡了人生情感

黃信怡

短詩《魚書》這樣寫：

魚頭是思念
魚嘴是問候
魚眼是望穿秋水
魚腸是牽掛
魚骨是刻骨銘心
魚膽是苦戀
魚肝是心甘情願

魚鰓是呼喚
魚尾是情人再見
魚肚是信封
魚鱗是郵票
魚唇是郵戳

乍然初讀，也許只覺是一首形體獨特的新詩。然而，反覆、認真細察後，遂發覺：它又是施文志的一首傑作。在這首六十八字的詩中，作者用形與意為經緯來縫織一件巧奪天工的藝術品，藉此傳遞現代人生的情感。

詩中的「望穿秋水」、「刻骨銘心」、「心甘情願」都是融化在詩中的成語，這就是作者善用的手法。而「魚肝是心甘情願」中的「肝」和「甘」在普通話裏是諧音字，這又是另一種技巧的運用。

假如要把這首詩翻譯成另一種文字，那麼，就得注意上面所講過的特點。《魚書》形式與Jose F. Lacaba那首Blue Boy相似，如果《魚書》的翻譯菲律賓文，採用Blue Boy詩的形式為宜。但，這樣會加大了「達」的難度。我也讀過Jose F. Lacaba有首《從A級片學盡我不應該知道的》詩，整首詩有十八句，每句都用「puta」這個字來做結束。

經反覆考慮，我認為，最簡單的形式就是：

ulo ng isda ay / bibig ng isda ay / mata ng isda ay /bituka ng isdaay / tinik ng isda ay / apdo ng isda ay / atay ng isda / panghinga ngisda / bunot ng isda / tiyan ng isda / kaliskis ng isda / lapi ng isda.

在中文裏，「鰓」是指「多數水生動物的呼吸器官」。原詩可用「魚鰓」。菲律賓文中並沒有只為「鰓」意的字，而hasang就是中文「魚鰓」的意思，假如譯為hasang ng isda，那就要「畫蛇添足」的鬧笑話了，但為了追求形式上的統一，只好寫為panghinga nf isda（即「魚的呼吸器官的意思）。

原詩中的「情人再見」是鄧麗君一首流行的愛情歌曲。它可以翻譯「Paalam Na」，因為這是Rachel Alejandro唱的一首菲律賓流行情歌。

二〇〇七年四月四日《世界日報》
「小廣場」專欄《東翻西看》

語言文學類　PG0427　菲律賓・華文風18

解放童年

作　　者 / 施文志
主　　編 / 楊宗翰
責任編輯 / 林千惠
圖文排版 / 鄭佳雯
封面設計 / 蕭玉蘋

發 行 人 / 宋政坤
法律顧問 / 毛國樑　律師
印製出版 / 秀威資訊科技股份有限公司
114台北市內湖區瑞光路76巷65號1樓
電話：+886-2-2796-3638　傳真：+886-2-2796-1377
http://www.showwe.com.tw
劃撥帳號 / 19563868　戶名：秀威資訊科技股份有限公司
讀者服務信箱：service@showwe.com.tw
展售門市 / 國家書店（松江門市）
104台北市中山區松江路209號1樓
電話：+886-2-2518-0207　傳真：+886-2-2518-0778
網路訂購 / 秀威網路書店：http://www.bodbooks.tw
國家網路書店：http://www.govbooks.com.tw
圖書經銷 / 紅螞蟻圖書有限公司
114台北市內湖區舊宗路二段121巷28、32號4樓
電話：+886-2-2795-3656　傳真：+886-2-2795-4100

2010年09月　BOD一版
定價：290元

國家圖書館出版品預行編目

解放童年 / 施文志作. -- 一版. -- 臺北市 : 秀威資訊科技, 2010.09
面； 公分. -- (語言文學類；PG0427) (菲律賓. 華文風叢書 ; 18)
BOD版
ISBN 978-986-221-563-0(平裝)

868.651 99015231

讀者回函卡

感謝您購買本書，為提升服務品質，請填妥以下資料，將讀者回函卡直接寄回或傳真本公司，收到您的寶貴意見後，我們會收藏記錄及檢討，謝謝！如您需要了解本公司最新出版書目、購書優惠或企劃活動，歡迎您上網查詢或下載相關資料：http:// www.showwe.com.tw

您購買的書名：________________________________

出生日期：________年________月________日

學歷：□高中（含）以下　□大專　□研究所（含）以上

職業：□製造業　□金融業　□資訊業　□軍警　□傳播業　□自由業
　　　□服務業　□公務員　□教職　□學生　□家管　□其它_____

購書地點：□網路書店　□實體書店　□書展　□郵購　□贈閱　□其他

您從何得知本書的消息？

□網路書店　□實體書店　□網路搜尋　□電子報　□書訊　□雜誌
□傳播媒體　□親友推薦　□網站推薦　□部落格　□其他__________

您對本書的評價：（請填代號　1.非常滿意　2.滿意　3.尚可　4.再改進）

封面設計____　版面編排____　內容____　文／譯筆____　價格____

讀完書後您覺得：

□很有收穫　□有收穫　□收穫不多　□沒收穫

對我們的建議：________________________________

____

____

____

請貼
郵票

11466
台北市內湖區瑞光路 76 巷 65 號 1 樓
秀威資訊科技股份有限公司 收
BOD 數位出版事業部

（請沿線對折寄回，謝謝！）

姓　　名：＿＿＿＿＿＿＿＿　年齡：＿＿＿＿　性別：□女　□男

郵遞區號：□□□□□

地　　址：＿＿＿＿＿＿＿＿＿＿＿＿＿＿＿＿

聯絡電話：(日)＿＿＿＿＿＿＿＿(夜)＿＿＿＿＿＿＿＿

E-mail：＿＿＿＿＿＿＿＿＿＿＿＿＿＿＿＿